おばあちゃんの恋ものがたり

草花木子
K U S A H A N A　K i k o

文芸社

1

教員採用試験に、落ちた。また落ちた。

三度目の挑戦だった。

亮平との待ち合わせのカフェに向かいながら、怒りにまかせて歩いた。

わたしは、産休や療養中の代用教員として、小学校で働いている。

それがどんなに不利なことか！

すぐに千項目のリストが作れる。

第一に、馴れたと思ったらお別れ、なんてことがよくある。知識を教えるだけなら、それでいい。でも、わたしは、一人ひとりとじっくり関わりたいのだ。長い目で見て、成長を支えたいのだ。小学生には、心の成長が大切だ。

第二に、「卒業式に、ありったけの心をこめて、児童一人ひとりの名前を呼ぶ」という、夢が果たされる見込みはまったくないのだ！


やっぱり、経歴のせいかな。

「なぜ、大学卒業してすぐに教職につかなかったのですか？」

と、面接で聞かれた。


わたしは、教職免許を取ったものの、毎日スーツを着る仕事にあこがれて、営業職を選んだ。少子化で、特に都心部の採用試験は「狭き門」だった。

毎朝、紺色のスーツを着て、鏡に向かう。自分ににっこり笑いかけて、笑顔をチェックする。自分で言うのもなんだが、似合っていた。「行ってきまぁす」の声も弾んでいた。

ところが、入社三年目に、鏡に向かってため息をつくようになっていることに気がついた。

ある日、営業先から戻る途中、小学校の横を通りかかった。にぎやかな声に、しぜんと引き寄せられた。休み時間なのだろう。大勢の子どもたちが校庭いっぱいにいる。弾けるように、駆け回っている姿を見たら、スーツとパンプスを脱いで、思い切り走りたくなった。からだの中に、どんより重いエネルギーが溜まってしまっていて、そのせいで、ため息が大量生産されていた。

――ほんとうにやりたいこと、わたしの全エネルギーをかけられることを、したい――

心の中で叫んでいた。

すぐに、非常勤の代用教員として、小学校で働けることになった。産休、病気療養など、非常勤の先生は「たいへん広き門」なのだ。

そして、これまたすぐに、小学校こそが、わたしの居場所だと確信した。全力投球の毎日だが、どんどん力が湧いてくる。

子どもたちが、休み時間に、

「先生、一緒にドッチボールしよう」

と、よく誘ってくれる。

保護者からの評価もいい。

前任の先生が音をあげて心の病に倒れた、にぎやかなクラスを持ったときは、苦労したけど、学習発表会の劇でみごとに一つになっていた。どの子も真剣だった。校長先生はうなずきながら見ていたし、涙をぬぐう保護者もいた。

六年生という難しい年ごろの女の子の不登校も解決した。

ところが、手応えを感じれば感じるほど、「代用教員」という立場では物足りなくなっていった。

周りの先生たちが背中を押してくれて、正規の先生になるための教員採用試験に挑戦すると決めた。

それから、三年かぁ。あー、先生ってしごと、天職だと思うのになぁ。なのに、なんで？

三回も落ちるなんて！

教育委員会の人たち、教えている現場を見に来てくれたら、いいのに！　わたしのこと、もっとわかってもらえるのに！

三度の不合格が、わたしを粉々に打ち砕く！

亮平に会ったら、全部ぶちまけよう。わたしの悔しさ、全部聞いてもらおう。

そう思って、亮平の前に座った。

わたしを迎えたのは、亮平のとびっきりの笑顔だった。

「あかり、オレ、念願の海外勤務、決まった。タイのバンコク。でさ、あの、一緒に行かないか？　オレたち、つき合いはじめて五年……あ、いや、そうじゃない……」

亮平は、こう切り出した。そして、スッと背を伸ばして座り直すと、

「あかり、一緒に行ってください」

と、頭を下げた。

海外で働くのが、亮平の夢だった。

しかし、よりによって、こんなに日に……。わたしの夢が破れたその日に、亮平の夢が叶うなんて……。最悪のタイミングだ。神さ

ま、意地悪すぎる！

それとも、

「教師にはなれないから、亮平のお嫁さんとして生きていきなさい」

そう、神さまは言っているの？

「ダメか？　あかり」

亮平と目が合う。目が輝いている。無性に腹が立つ。同時に、情けなく不甲斐ない自分に泣きたくなる。

どう答えたらいいのかわからない。

「ばか！　亮平のばか！」

涙がじゃまをして声にならない。席を立つ。バタンと大きな音がして、周りの視線が集まるのがわかる。

「って、おい、あかり！　なんなんだよ！」

わたしは、亮平の声から逃げ出した。

どうやって家に帰ったか思い出せない。彼は追いかけてこなかった。

2

九月ももう終わるのに、真夏のような日差しが、わたしを目覚めさせる。カーテンを開けっぱなしで寝たらしい。もう日が高い。

前日のことを思い出し、慌てて頭から布団をかぶった。わたしの中に巣くう闇の勢力がからだを抜け出し、真っ黒な雲になって、上にのしかかる。

その重さを振り払うように、跳ね起きた。

さくらさんの部屋に逃げよう。二世帯をつないでいる廊下を走った。

さくらさんは、わたしのおばあちゃん。母の実の母だ。うちの家族はみんな、おばあちゃんのことを「さくらさん」と呼ぶ。わたしもならって、最近はおばあちゃんを名前で呼んでいる。

両親とわたしが住む家の横に、あとから、おばあちゃんの小さな部屋が造られた。わたしが幼稚園に入ったころだと思う。

二世帯は、二メートルほどの廊下で結ばれている。大きくなった柿の木を切りたくないという、みんなの意見が一致した結果だ。

廊下の片側は、一面の大きなガラスの窓になっている。内側に障子の戸が取り付けてあるのだが、いつもひんやりしていて、夜には柿の木の影がお化けのように映る。

その先には、とても暖かい場所があるとわかっているのだが、そこにたどり着くには、試練をくぐりぬけなければならない。それがこの廊下なのだ。

今日も、追いかけてくる暗雲と戦いながら走る。

ドタバタ音を立てながら、

「さくらさぁん、避難しに来た。入っていい？」

と声をかける。

「あれあれ、めずらしいお客さんだこと」

振り返ったおばあちゃんは、小さな仏壇の中のおじいちゃんの写真に手を合わせているところだった。わたしは、ちゃぶ台の前にすべりこんだ。気がつくとまくらを抱えていた。まったく笑えない。

おばあちゃんは何も言わず、おばあちゃん専用の小さな台所でお茶の準備をし始めた。


わたしの小学校入学とともに、母はさっさとフルタイムの仕事に戻った。

わたしは、毎日ランドセルを背負ったまま廊下を通って、「ただいま」と、おばあちゃんの部屋に帰ってきていた。おやつも宿題も大好きな本を読むのもここだった。友だちと初めてケンカした日も、ここで泣きここで立ち直った。

ここで過ごす穏やかな時間が、心の栄養になっていた。おばあちゃんの目は、いつも優しい。その目を見ると、

――わたしといると、おばあちゃん、うれしいんだな――

とわかる。共働きの両親と過ごす時間がほんの少しでも、おばあちゃんのおかげで、心豊かに育ったのだと信じている。

しかし、今回は乗り切れる自信がない。

おばあちゃんのお得意の、ほうじ茶の香ばしい香りを吸い込んだら少し落ち着いた。

わたしは三度目の不合格から、突然のプロポーズまでを話した。自分のことじゃないように思え、スラスラ言葉が出る。おばあちゃんは熱心に聞いてくれる。ときどき、目をまん丸くしてびっくりするのが、おばあちゃんの癖だ。

おばあちゃんは、母みたいに「ああしろ、こうしろ」とは言わない。ただ聞いてくれるだけ。それで気が済んでしまうのか、ふしぎに心が晴れてくる。

今は、なんでもいいから言ってほしい。

わたしの頭の中の考える機能は壊れてしまった。

——わたしも、人生のパートナーは、亮平だと思っている。できればついて行きたい。海外で暮らすなんて考えたこともなかったけれど、きっと楽しいにちがいない。でも、じゃあ、わたしの夢はどうなるのよ。これって、神さまからの〝小学校の先生はやめなさい、向いていないよ〟っていうメッセージなんだろうか？　イヤイヤ、わたしは絶対に小学校の先生になるって決めたんだ。来年、もう一度挑戦するんだ――

終わりがないしりとりのように、ぐるぐる回って考えが止まらない。


「わたし、どうしたらいいと思う？　さくらさんなら、どうする？」

しばらく黙っていたが、おばあちゃんは、

「そうねえ……。それはそうと、タイっていう国は、どのくらい遠いのかな？　暑いんだろうね……」

と逆に質問してきた。

「今の最重要テーマは、タイじゃなくて、わたしの不合格！」

きっとわたしは、子どものようにほっぺをふくらましていたのだろう。

おばあちゃんはぷーっと吹き出した。つられてわたしも笑ってしまった。

そのとき、心にできた固い結び目が、するっとほどけた気がした。

「はいはい、ふふふ……。だって」

「だって何よ？」

「だってね、不合格ということは自由の身でしょ。合格だったら、もっと悩むでしょ。『彼と離ればなれーっ』て、どっちみちここに泣きに来ることになったんじゃあない？」

「まあ、そうかもしれないけど。でもね、彼についていくって決めたわけじゃないから……さくらさんは、行ったほうがいいと思うの？　先生になる夢は捨てるしかないの？」

「先生はどこでだってできるでしょ、人生は長いからね」

めずらしくおばあちゃんが意見を言ってくれた。

おばあちゃんにはかなわない。全部お見通しだ。

実は迷いながら採用試験に挑戦していることを。

いつかは結婚したいし、「お母さん」にもなりたい。もし採用試験に受かったら、それは随分先のことになるだろう。だから、合格するなら今年だと焦っていた。でも、夢は一つずつ叶えていくことだってできる。

この頃よく思うのだ。小学校で教えることは、確かに社会生活に必要な知識ばかりだ。けれども何かが欠けているような気がする。汗まみれの子どもたちが、「先生見て、見て」と、カブトムシを差し出すときのあのキラッキラッしたもの。名前をつけるとしたら、

「いのちがほとばしっている」かな。

あれを大人になるまで持ち続けられるような教育がわたしの理想だ。形にとらわれなくてもいいのかもしれない。

そうだった。制度の中に絡めとられながら、カリキュラムをこなすのに忙しい時間を過ごしているうちに忘れていた。

採用試験の面接では、思いがうまく伝わらなかっただけだ。わたし、全然ダメじゃない！

そこまで考えると、

「『不合格』イコール『わたしはダメな人』ではない！」

という言葉が思わず口をついて出た。おばあちゃんは、

「そうだ、そうだ」

と〝わたしと一緒にいるのが本当にうれしい顔〟になった。

この笑顔に、何度も勇気づけられてきたのだった。

元気が出てきた。朝一番にわたしを襲った黒い雲は、どこかに行ってしまったみたいだ。

「ちょっと待ってて、さくらさん。わたし着替えてくる」

いったん自室に戻った。が、まだ、スマホを見る心の準備はできていない。

わたしはノートパソコンを抱えて、おばあちゃんの部屋に戻った。

「バンコク　タイ」

と入れて検索してみる。真っ青な空に、金ピカのお寺、あざやかな色とりどりの果物が画面を覆い尽くす。

おばあちゃんがよく見えるように、ディスプレイの向きを変えた。

思いついて、地図アプリを開く。ストリートビューの画面に切り替えた。

おばあちゃんは、老眼鏡をかけるのも忘れて見入っている。

目をこれまで見たことがないほどまん丸にして、

「すごいねぇ」「もう、行かなくてもいいねぇ」

を連発する。

こんなことで感心してくれるのがうれしい。

「自宅の住所を入れると、ほら、うちが見えるでしょ」

「あら、まあ！　ほんとだ！」

「インターネットはすごいんだから」

「へぇー、じゃあ、じゃあねえ、おばあちゃんが生まれ育った町も見られるかしら？」

「もちろん！」

「はぁー、しばらくごぶさたしてたら、ずいぶん変わったのねぇ」

操作方法を教えて、何か食べることにした。

こんなに落ち込んでもお腹が空く自分にあきれながら、二世帯をつなぐ廊下を戻り、台所に行く。

父も母も出かけたらしい。食パンをこんがり焼いて、メープルシロップをベタベタにかける。それを持っておばあちゃんの様子を見に戻った。

おばあちゃんは老眼鏡をかけて、熱心にパソコンの画面に見入っていた。

「あのね、あかりさん」

おばあちゃんが、わたしのことを、「さん」づけで呼ぶときは要注意だ。何かを企んでいる。

「あのね、あかりさん」

今度は、わたしの目を覗き込みながら。わたしの目を捉えて離さない。

「……はい」

わたしが身構えると、おばあちゃんは意外なことを言った。

「どこにあるかわからないパン屋さんも、調べることができるのかしら？」

「えっ、どういうこと？」

「『西中《にしなか》』とつく名前のパン屋さんが、あるかどうか知りたいのよ」

わたしは、パソコンを自分の方に向けた。

「そんなの、簡単。えっと、こうして『西中　パン』と入力するの」

おばあちゃんは、いつの間にかわたしの後ろにいる。日本地図がグッとズームされて、赤いピンがポンと立った。

「あっ、ある、ある。『西中製パン店』ってのがある！」

「ある⁈」

「うん。でも、鳥取県だよ？　ちょっと待って、お店のホームページを見てみるから……ないか。名前がちょっとレトロだもんね。年配の人がやっているのかな？　口コミサイトはどうかな？　……あった。地元のソウルフード。クリームパンとあんパンが美味しいんだって。あれっ、このひよこのお菓子、可愛いよ。名物だって。パン屋さんなのにね」

おばあちゃんは、いつの間にかわたしとパソコンの間に、からだを割り込ませている。


ひよこの形のお菓子を見て、雷に打たれたようだった。白いあんこがひよこの皮に包まれている、かわいらしいお菓子だ。断面の写真もある。白あんにはくるみとレーズンが入っているらしい。

あまりに熱心に見入っているので、

「おばあちゃん、お取り寄せできるかどうか調べてあげようか？」

と聞くと、

「行けるかしら？」

意外な言葉が返ってきた。

「えっ」

「このお店に行けるかしら？」

おばあちゃんの目には、強い光が宿っている。

――今日のおばあちゃんはどうかしている。いつものおばあちゃんじゃない――

わたしはおばあちゃんの顔をまじまじと見つめた。

――もしかしたら、違う時空に来てしまったのかな。二世帯をつないでいるあの廊下が、なんだかいつもより長かったような気がする。もしかしたら、本当は採用試験に受かっていて、亮平とも変なふうになっていなかったとか？　海外勤務なんてなくてハッピーエンド？――

いやいや、頭を振った。

「あかりさん！」

呼ばれて気がつくと、おばあちゃんがわたしの顔を覗き込んでいる。

「ここにどうやったら行けるの？　って、わたし聞いているのよ」

おばあちゃんの迫力に押される。

「わかった。ちょっと待ってて。……えっと、一番近い空港は米子《よなご》鬼太郎《きたろう》空港。バスと電車を乗り継いで約一時間、最寄り駅から、まっすぐ歩いて五分だって。それとも、空港から車で四〇分。レンタカーもいいかな。だから、行こうと思えば行けるよ。……でも、なんで、また？　鳥取県って、おばあちゃんのゆかりの地だっけ？」

わたしの質問は完全に無視。おばあちゃんは、自分の方にディスプレイを引き寄せ、熱心に地図を見ている。

わけがわからないが、おばあちゃんの世界から追い出されたような気がして、さびしくなった。自分の問題に向き合うのを、これ以上引き延ばせないことだけは、わかっている。亮平にまず謝ろう。

「おばあちゃん、わたし、自分の部屋に戻るね」

返事もない。わたしは、吹き荒れる嵐の中に出て行くように、前かがみになって、腕をかざし、二世帯をつなぐ廊下に出た。「よしっ」とお腹に力を込めた。

「亮平、ごめんね。今度、お祝いしよう　あかり」

そうメッセージするだけで、精いっぱいだった。肩を落としているだろう亮平に、どう応えたらいいのか、整理がつかない。採用試験の発表日を内緒にしていたから、亮平にまったく落ち度はない。夢を叶えられるよう、励まし続けてくれていただけに、ことばが見つからない。

3

それからというもの、『おばあちゃんが西中製パン店を訪ねるプロジェクト』が立ち上がり忙しくなった。

八十歳に手が届くおばあちゃんと、傷心の孫の二人旅だ。

母が心配して一緒に行くと言ったが、おばあちゃんは、

「孫との旅行を楽しむんだ」

と、めずらしく頑固に退けた。

飛行機を手配して、せっかくなら温泉に浸かろうと、ステキな温泉宿を厳選した。レンタカーを予約しようとすると、おばあちゃんは、鉄道で行くと言い張った。

詳しいことは一切言わない。

「行ってみないことには、わたしにもわからないのよ。だから、あかりさん、お願いします」

の一点張りだった。

年相応にシワを刻んでいるが、若いころはさぞかし美人だったのだろうと思わせる、上品な横顔はいつものおばあちゃんだ。

けれども、初めて見る知らない一面に戸惑った。

おばあちゃんには、何か秘密があるのだろうか？

『西中製パン店』というからには、子ども時代に育った家と関連しているのだろう。おばあちゃんの生まれた家は、大きなパン屋さんだと聞いている。今は、お母さんの弟、わたしのおじさんが継いでいる、とてもすてきなカフェベーカリーだ。

どんな秘密があるにしろ、わたしを大切に育ててくれたおばあちゃんに、恩返しができることはうれしい。

「とことん、さくらさんにつきあうよ」

とわたしは力強く言った。

4

次の週末、深い青の秋の空にウキウキしながら、羽田空港から飛び立った。最近は近所の絵手紙教室か、老人会の日帰りバス旅行にしか出かけないおばあちゃんは、緊張しているように見えた。

思いきって、切り出してみた。

「ねぇ、さくらさん、『西中製パン店』の秘密、そろそろ教えてくれてもいいいんじゃない？」

「そうねぇ、うまく話せるかしら……」

おばあちゃんはしばらく考えてから、ぽつりぽつりと話し始めた。

「この歳になるとね、大切だった記憶が、ぼんやりしてしまって……。なくしてしまった記憶は、どんなに頑張っても、取り戻せない……教えてくれる人は、もうみんな逝ってしまった……ジグソーパズルってあるでしょ。わたしには、無くしてしまったピースがいくつもあるの。だから、絵が完成しない。わたしの人生の意味ってなんだったのだろう？　なぁんてことを考えるの」

「そっか、無くしたピースを探す旅なのね。今、手元にあるピースだけでも、話してよ」

おばあちゃんはうなずく。


「わたしが生まれた家はねぇ、知ってのとおり、なかのまちベーカリーというパン屋さんだったの。家の向かいに大きなパン工場があってね、たくさんの職人さんがはたらいていたわ。

お昼前になると、パンが焼けるなんとも香ばしい香りがし始めるのよ。そうすると、パン工場からね、重ねた木箱を両手で持った職人さんたちが、次から次へと出てくるの。木箱はね、黒い大きな自転車の荷台にくくりつけられるのよ。一台、二台、三台……大きな自転車がつぎつぎと出かけていく。それはそれは、活気があったわ。わたしはそれを見ているのがすきだった。

『どこに行くの？』

と尋ねると、決まって、

『おとくいさまぁ』

と返ってくるの。『おとくいさまぁ』っていうのは、ずいぶんたくさんのパンを食べるんだなぁって感心していた、そんな小さな頃の話ね。戦争が始まる前のこと。だから、五歳か、六歳だったと思う。この風景は、はっきり覚えている。

今は、あなたのおじさんがパン屋さんをしているでしょ。あの場所よ。あの頃は、小売りのお店にパンを卸していたのよ。小売りって、うーん、コンビニみたいななんでも屋さんがあって、パンが並んでいたのよ。それが『お得意様』だってことを、ずいぶん後から知ったわ。

当時、パンは珍しかったけれど、あんパンが人気でね、だから、たくさんの職人さんがはたらいていたんだと思うわ。

そんな職人さんの一人に、西中くんっていうお兄さんがいたの。よく遊んでもらったらしいのよ。ここから、ちょっと、あやふやになってくるのよ。後から、聞かされた話とごっちゃになっているけど。いくつ年上だったのだろうねぇ？　たぶん、国民学校出て、すぐうちに来たとしたら、十三、四歳くらいかしらね。顔はよく思い出せないの。覚えているのは、すらっと背が高くて、子どもと大人の中間だっていう印象だけ。なぜだか、名前だけは、しっかり覚えている。『にしなかくぅん』ってみんなが呼んでいたのよね。

その西中くんはね、もう一つの売れ筋だった、ひよこの形のお菓子、ほらっ、インターネットで見たひよこのお菓子、あれと同じようなものを作れるように、毎日練習していたの。失敗するとね、ふふ、髭をつけたりして。目がおかしなところについているのもあったわ。それをね、紙に包んでおいてくれて、

『はいっ、世界でひとつだけしかないおやつ』

って。持ってきてくれるのよ。楽しみだったな。『できそこないさん』なんて呼んでいたけれど、美味しかった。たいがい、中身が入っていなくて、皮のところだけだったけど。これもハッキリと覚えている。やだわね。食べることになると、しっかり記憶があるのよね」

「ひよこのお菓子！　それに、西中製パン店！　絶対そうだよ」

わたしは、興奮してきた。

おばあちゃんは、声を落とす。

「でもね、急に、西中くんはいなくなってしまったのよ。どこに行ったのか、なぜ消えちゃったのかわからない。誰に聞いても、知らないっていうの。

そのうち、戦争が始まった。『ベーカリー』は敵国の言葉だからって、『なかの屋』なんて看板を書き変えていた。なんで急に『なかの屋』なんて乾物屋さんみたいな名前になっちゃったんだろう？　って、不思議だった。子どもには、わからないことだらけの世の中だったわ。

男の人たちは、『兵隊さん』というのになって旅立っていく。『日本が勝った』って大人たちが喜んでいたかと思うと、『いったい、いつになったら終わるんだろう』とひそひそ声で隠れるように話している。

お砂糖がないから、あんパンは無くなった。代わりに、コッペパンばかりになった。

赤いカーディガンは着てはいけなくて、代わりに黒いモンペを穿いた。みんな黒いものを着ている。毎日、暗いのよ。

小さな子どもにはわからないことばかり……だった。大人に聞いても、

『そんなことばかり聞くんじゃありません』

って、叱られた……。きっと、大人にも何が起こっているのか、この先どうなるか、よくわからなかったんじゃないかしら、と思っていたわ。

そのせいかどうか知らないけど、わたしの記憶は途切れ途切れ……パズルのピースが、ばらばらでしょ。

終戦を迎えて、学校が始まり物心がついたとき、やっと『戦

争』っていうものを理解することができたの。でも、自分の身に起きたこととはうまくつながらないままだった。

わたしの家族が、誰ひとり戦争で失われなかったのは、幸運だった。戦時中も、国民食糧政策っていうのでパン工場はとまらなかったから、ひもじい思いはほとんどしなかった。

おじいちゃんと出会って結婚して子育てして、娘や孫と住んで、家族は優しくて、結構ないいおうちに住んで……。幸せな暮らしをさせてもらっている。ありがたいことね。

なのにね、いまだに、子どものころとおんなじ夢を見るのよ。

わたしは小さな女の子なの。日が暮れてどんどん暗くなるのに、ひとり取り残されてしまうの。一緒にいた人は、どこにもいないの。目が覚めても、泣いているのよ。

なんでそんなに悲しい夢を見るのかしらね。ふしぎに思っていた。老い先が短かくなって、思い残すことは何にもないのだけれど……。もし、できるのだったら、夢の中で泣いている子どもがもう寂しい思いをしないように、一緒にいた人を探してあげたいって思ったの。でも、それが誰かわからないから、やっかいね」

——知らなかった、おばあちゃんがそんな夢をみることを——

わたしは、明るい声を出した。

「西中製パン店、楽しみだなぁ」

「そう？　わたしはドキドキよ。七十年も経っているわ。こんなおばあちゃんで大丈夫かしら？」

「そこを気にする？　その西中くんは、九十歳近いでしょ。大丈夫！」

おばあちゃんもわたしも、山陰地方に初めて降り立つ。米子鬼太郎空港で優しい潮風に吹かれると、胸が高なる。

「きゃっほー、来ちゃったね」

おばあちゃんは、いたずらっ子のように笑って首をすくめた。

薄手の黒いコートに、明るいラベンダー色のシフォンのスカーフが似合う上品なおばあちゃんの、こういうアンバランスさが魅力だ。

プリプリのエビが載った名物丼のお昼を食べてから、ＪＲ線に乗った。

カラフルな二両編成の電車がかわいらしい。おばあちゃんは、窓に張りついて外を眺めている。

ふいに、記憶が呼び起こされる。

電車で移動しなければいけない三年生の校外学習だ。

そのとき受け持ったクラスは、たいへんにぎやかで、しかも学期

の途中から引き継いだのだ。『みんなが声を出せるクラス』にしようとひそかに決めた。発言が少ない児童がいたら、その児童の、

「意見を聞いてみよう」

と提案した。自分から手を挙げないが、尋ねれば、おもしろい考えを披露してくれる子どもは多い。ていねいに一人ひとりに光を当てて、「話す」と「聴く」の二つのバランスをうまく調整した。

結果、もっとにぎやかになってしまったが、まとまり始めた。

職員会議で校外学習の準備をしていたとき、わたしのクラスが心配だと言う話題になった。

「大丈夫です。任せてください」

と胸をたたいてしまった。クラス全員で知恵を絞ってできたのが、『忍者作戦』だった。忍者について、立ち居振る舞いから、校外学習でどのように活用するかまで、調べ発表し合った。そして、忍者

になるべく修行した。

校外学習の当日、電車の移動、情報収集まで完璧にこなしたのは良かったが、語尾に「でござる」をつける忍者ことばがしばらく抜けなった。子どもたちの笑顔が自信をくれる。

——どんな形でもいい。『先生』を続けよう——


電車が停まった。目当ての駅だ。もう、三時に近かった。ホームに降り立った時に、ふわりと風がほおを撫でた。いい香りがする。どこかに金木犀でも咲いているのかなと左右を見回していた時、電話がなった。亮平だ。

「あ、あかり?」

「亮平、」

「いま、いい?」

「うん、」

「いま、どこ?」

「鳥取の米子市」

「え?」

亮平の声が大きくなる。

「おばあちゃんと一緒なの」

亮平の、驚くやら安心するやらの顔が浮ぶ。

「そっか……。あのさ、」

わたしが先に謝らないと。亮平の言葉を遮った。

「ごめんね、この前は」

「いや、おれの方こそ」

「あの日、わたし、教員試験、落ちて」

「え? そうだったんだ、発表、もうあったんだ……」

「うん、そんな時に……いきなり言われたから……

亮平、おめでとう」

「ありがとう……タイミング悪くて、ごめん」

笑い声が重なった。

「あのね、今から、おばあちゃんの恋ものがたりを見届けるところなの。帰ったら連絡するね」

「あ、ああ、わかった……いや、よくわからないけど。とにかく、待ってる」

おばあちゃんは、プラットホームのベンチに腰かけて、わたしを見つめている。

「いいのかい？　わたしはひとりでも、大丈夫だよ」

「さくらさん、わたしも会いたい。西中さんに。会えるものなら、会ってみたい。きっと、わたしにはこういう時間が必要なのだと思う。付き合うよ。最後まで。行こう、さくらさん。疲れていない？」

首を振って、おばあちゃんは、ヨシっと立ち上がった。心配は無用だった。スタスタと改札を出ていく。

「待って！　さくらさん、地図見なくて大丈夫なの？」

「大丈夫」

駅を背にして、さっさと歩き出す。まるで、見知ったところに来ているようだ。

一つ目の交差点を過ぎるあたりから、おばあちゃんはスピードを落とした。

左右を交互に確かめながら、一歩一歩慎重に進む。わたしはおばあちゃんの後ろを歩いた。

5

二つ目の交差点の角に、目当てのパン屋さんがあった。

シックな外装。「西中製パン店」の看板を確かめる。

想像していたような昭和感はまったくない。

おばあちゃんと目が合う。うなずいて見せると、うなずき返してくれた。ドアを開ける。とたんに香ばしいパンが焼けるにおいに包まれた。

シックな外装を裏切って、店内は白と木目を基調にした棚が並んでいる。小さな天窓から日差しが注ぎ明るい。

赤いエプロンに白い三角巾をつけた若い女の子が、

「いらっしゃいませ」

と微笑みかける。

おばあちゃんは、女の子の目を、まっすぐ見て言った。

「こんにちは。ひよこのお菓子くださいな」

店員さんは、少し困った顔をして、

「午前中に売り切れてしまったので、今つくっているんです。できたか、見てきます。少々、お待ちくださいねー」

と、言い残してのれんの奥に入っていった。

優しいイントネーションが耳に残る。


ふたたび、のれんがふわりと揺れると、今度は、真っ白いヒゲの、恰幅のいいおじいさんが、赤い塗りのお盆を手に出てきた。

かわいいひよこたちがお行儀よく並んでいる。

おじいさんの目とおばあちゃんの目が合う。何かがスパークした。

わたしの中にもビリビリっと電流が流れる。

時が止まった。

——西中くんだ！　おばあちゃんの西中くんだ！　まちがいない。

なぜって、このおじいさん、まん丸の目でおばあちゃんのことを見たかと思ったら、すぐに「あなたに会えて、ほんとうにうれしい」の眼差しになったのだ。おばあちゃんとそっくり同じ——

「あのー、どうぞお座りください」

止まった時を動かしたのは、赤いエプロンの女の子だった。指を揃えて示した方には、小さな椅子とテーブルが置いてある。コーヒーが運ばれ、ひよこのお菓子をいただいた。

おじいさんの名前は、西中泰三《にしなかたいぞう》さん。おばあちゃんが生まれた家で、三年間、パン職人の見習いをしていたそうだ。「かくしゃくとした」という言葉は、西中さんのためにあるのだろう。上下白のユニフォームに白いエプロン。とても九十歳近いようには見えない。

二人にとって、ほぼ七十年ぶりの再会は、劇的なものではなく、穏やかなものだった。

二人が熱心に話し込んでいる横で、わたしは西中製パン店の特製パンをごちそうになった。ひよこのお菓子もあんパンも、やさしい甘さで美味しかった。ちょっと、おじさん家《ち》のパンに似ている。時は違うが、泰三さんもおじさんも、同じパン屋さんで修行したということになる。

泰三さんは、おばあちゃんを散歩に誘った。夕陽が空を赤く染め始めている。二人は駅と反対の方向、つまり、北に向かった。右手につえを持った泰三さんは左腕を出して、おばあちゃんにつかまるように促している。歩き出した二人の姿を、わたしは思わず写真に収めた。

その間、わたしはレンタカーを借りに行くことにした。泰三さんの息子さんに、泊まるところを聞かれたので、答えるとレンタカーが便利だと教えてくれた。親切に駅前のレンタカー屋さんに予約を入れてくれた。

わたしは、ゆっくりゆっくり駅に戻った。

鳥取の人たちが話す言葉は、ぼんやり聞いていると、子守唄を歌っているように聞こえる。初めて会ったのに距離が近く感じられる。

一人の車内でこっそり真似をしてみたら変だ。なかなか難しい。

「西中製パン店」の駐車場に車を停めて、おばあちゃんを迎えに行くと、泰三さんのご家族が揃って、お土産をどっさり詰めて待っていてくれた。息子さんにそのお嫁さん、お店番をしていた赤いエプロンの女の子は、泰三さんのひまごさんだそうだ。

ちょうど二人が腕を組んで戻ってきた。もう五分もしたら、相手の顔がよく見えなくなるくらい暗いのに、二人の周りには、見ずにはいられないような、華やいだ雰囲気が漂っていた。

「またね」

「またね」

泰三さんとおばあちゃんは、明るく手を振って別れた。

6

予約した温泉旅館は、こぢんまりしていて居心地が良さそうだ。ゆっくり温泉に浸かった。時間がずれたのか、大きいお風呂に二人っきりだった。二人でちょっと泳いでみた。

お部屋に戻ると、ご馳走が並んでいた。

「かんぱーい」

「さくらさん、初恋成就、心からおめでとうございます」

「ふふっ、ありがとうございます」

女子旅らしく、梅酒で乾杯した。

何を食べてもびっくりするくらい美味しい。めずらしい海の幸を、二人で目をまん丸くしながら味わった。おばあちゃんもよく食べた。

「おばあちゃん、本当にいい旅だね」

「ほんとだわね、思いきって来てよかった。ありがとうね。さっき西中くんからね、プレゼントをもらったの。夕陽のプレゼントよ。六十代、七十代って歳を重ねるとね、世界がだんだん灰色に見えるようになっていくの。やがて真っ暗になって、人生が終わってしまうんだわって思っていたけれど、わたしね、それが間違いだって、今日わかった」

おばあちゃんの声が熱を帯びてくる。

「まずね、海も空もみかん色一色になるの。からだの芯まで熱くなって焦げるかもって、思っちゃった。それから、夕陽は空を真っ赤に染めて、それはそれは美しかった。それが、みるみるうちに紫に変わっていくのよ。もう、息をする暇《ひま》もないの」

わたしが見とれていると、おばあちゃんは、ひみつを打ち明けるように両手の指先を揃えて口の両端に当てた。

「西中くんのほっぺはね、黄金《こがね》色に輝いていた！　世界には色があふれているー」

おばあちゃんは、両腕を拡げておどけた。

「世界には、愛もあふれている！」

わたしも両腕を拡げた。

「あー、しあわせ！　こういうのを幸せって言うんだね！」

そのままバタンと後ろにひっくり返った。お腹がはち切れそうだ。

スマホを出して、二人の後ろ姿を撮った写真を見せた。寄り添っているので、泰三さんが羽織った黒い上着とおばあちゃんのコートが一続きに見える。ラベンダー色のスカーフが良いアクセントになっている。

「ね、長年連れ添ったご夫婦って感じ、さくらさん」

おばあちゃんは、うふふと笑った。

二人っきりの宴が片付けられてお布団が敷かれ、おばあちゃんのものがたりが始まった。

7

意外なことに、おばあちゃんが泰三さんに出会ったのは三歳のときだった。六歳で別れるまで、たった三年間しか一緒にいなかったそうだ。どうしたら、そんなに小さいときのことを、覚えていられるのだろうか。

おばあちゃんの記憶と、今日泰三さんから聞いた話を合わせると、その答えが浮かび上がった。

「なかのまちベーカリー」は、名古屋のはずれにあった。

創業者は、信次郎《のぶじろう》さん。おばあちゃんのおじいちゃんだ。老舗和菓子店の次男として生まれた信次郎さんは、新しもの好きで、当時まだ珍しいバイクを乗り回していた。バイクではなくて、「単車」と呼んでいた時代だ。

昭和の初め、和菓子修行を終えた信次郎さんは、東京で、「あんパン」に出会った。

「これだ！」

信次郎さんは飛んで帰って、パン焼き釜を買った。自慢のあんこを包んで香ばしく焼き上げた信次郎さんのあんパンは、瞬く間に評判になった。

一間《ひとま》の小さな作業場で始まったなかのまちベーカリーが、体育館ほどのりっぱなパン工場になるのに時間はかからなかった。

戦争が始まる前の好景気で、どんな商売でも右肩上がりに成長した時代だった。

家族の他にパンを焼く職人さん、配達をする人、事務をする人もいて、総勢二十人の従業員を抱えるまでになった。
若い子を育てたいと信次郎さんは考えた。広い敷地に別棟を建て
て、若い見習いさんたちが、住み込んで働けるようにした。
そこに信次郎さんの初めての孫として生まれたのが、「さくら」
さんだ。生まれたとき、「なかのまちベーカリー従業員一同」とい
う大きな花かごが届いたそうだ。
さくらちゃんは、なかのまちベーカリーの幸せの象徴だった。
「さくらちゃん、さくらちゃん」とみんなが呼んだ。
サラサラのおかっぱ髪が振り向くと、大きな黒い瞳がにっこり笑
う。物怖じしないで誰とでも話し、カラカラとよく笑った。
さくらちゃんが三歳のお誕生日を迎えた春、西中泰三さんが、住

み込みの見習い修行にやってきた。その当時、義務教育だった尋常小学校の六年間を終えた後、高等小学校に進んだものの、パン職人になる道を選んだのだ。十三歳だった。

すらっと背が高く、人懐っこい泰三さんは、「西中くん」と呼ばれ、すぐにみんなに可愛がられるようになった。「西中くん」と呼ばれると、「はいっ」といつも元気のいい返事をする。仕事の覚えも早く、重宝がられた。

三歳と十三歳――二人は歳が離れた兄と妹のようだった。

パン工場の朝は早い。夜明け前から仕込みが始まる。焼きあがったパンを小売りのお店に配達してしまうと、三時頃に仕事が終わる。仕事が終わると西中くんは、新聞を抱えて、小さな庭でままごとをする、さくらちゃんのところにやってくる。庭のベンチに座って新聞を読む西中くんの横で、おもちゃのスコップを持ったさくらちゃんは、忙しそうに行ったり来たりする。おままごとのご飯を作ってあげるのだ。小さい妹や弟の面倒を見ていた西中くんにとって、子どもの扱いはお手のものだった。

見習い職人の先輩たちは、映画だのなんだのと出かけてしまうのだが、弱冠十三歳、今で言うと中学生の西中くんは大人の遊びがあまり得意ではなかった。

四歳のお誕生日を迎え、おしゃべりが上手になると、さくらちゃんはなんでも知りたがった。大人の言葉をよく聞いていて、ちょっとでもわからないと、

「それどういういみ？」

と首を傾げて尋ねる。「それはね」と説明してあげると、さくら

ちゃんの目はキラキラし始める。合点がいくと、

「うーん、わかった！」

と、顔が輝く。そして決まって、さくらちゃんはくるっと一回り回る。うれしくて、回らずにいられないといったふうだ。吊りスカートがフワッと揺れる。やさしい風がフワッとまき起こる。

ただし、（西中くんの観察によると）これはめったに起こらない。

――よぉし、今度はもっとわかりやすい説明をしてやるぞ――

と、心の中で思うのだった。

さくらちゃんのお母さんの夕子さんは〝若奥さん〟と呼ばれ、みんなから一目置かれている。師範学校を出た才女だそうだ。けれども、さくらちゃんの「どういういみ？」に対して、さくらちゃんが満足できるような答えをしているのを、聞いたことがない。同じことを後で西中くんに聞いたりする。つまり、西中くんのように、う

まく小さな子にわかるように説明できる大人はいないのだ。

西中くんは、そのことがうれしかった。恐らく、大人の中で見習いとして働くのに、気を使わないでいられる時間が必要だったのだろう。


二人のつながりは、そのような目に見えないものだけではなかった。ひよこの形のお菓子だ。これは、創業者の信次郎さんの実家の和菓子屋の看板商品だ。和菓子をやめた信次郎さんは、このお菓子だけは作り続けていた。また、西中くんが、はじめて練習することを許されたのも、このお菓子だった。失敗すると、さくらちゃんのおやつになる。ときどき、ヒゲを描いたり、帽子を被せたりして喜ばせた。

さくらちゃんは、西中くんの顔を見るたびに、

「きょうは、しっぱいした？」

と聞くようになった。

なかのまちベーカリーを南の方角に十分少々歩くと、当時できたばかりの私鉄の駅に着く。駅が近づくとお店が立ち並び、にぎやかになる。さくらちゃんは、私鉄の電車に何度か乗ったことがあった。お父さんとお母さんと、よそ行きの服を着て、動物園に行った。だからよく知っている。

西の方角に十五分歩くと、川につきあたる。堤防が高く、川岸に近づくことはできないが、堤防に座って長い釣竿を垂らしている人を時々見かける。川に出る道はのどかだ。田んぼや畑がずっと遠くまで続いて、緑と茶色のパッチワークのように見える。

西中くんは、さくらちゃんの家族がいいと言えば、散歩に誘った。

五歳になると、さくらちゃんは、しっかり歩けるようになった。

初夏の陽気に誘われて、ある日、西中くんは、なかのまちべーカリーの真北三キロの距離に、挑戦してみようと思い立った。そこには明治時代に敷かれた国鉄の駅がある。主に貨物列車用として使われている線路には、電気を送るパンタグラフはない。蒸気機関車が走っているのだ。

五歳になったから、許可が出た。きっと西中くんは信用されていたにちがいない。蒸気機関車を見に行くことになったのだが、「じょうききかんしゃ」というのが何なのかよくわからないまま、「遠くに行ける」とさくらちゃんははしゃいでいた。北の方角は、初めてだ。知りたがり屋としては、「何があるのだろう」と興奮せずにはいられない。手をつないだり、おんぶしたり、なんとか三キロの距離を歩ききった。

すでに人がたくさん集まってきている。

「来るよ、来るよ」

みんな口々に言いながら、線路の先を見ている。小さい男の子が、大人に肩車をしてもらっている。

「わたしも、あれして。高い高いして」とねだると、「あいよっ」と言いながら、ひょいとさくらちゃんを持ち上げてくれた。眺めがいい。

いきなり地鳴りがして真っ黒の巨大なかたまりが、こちらに向かってくる。

「こわいよ、こわい」

さくらちゃんが叫ぶと、西中くんはスルッと下ろして抱きかかえてくれた。安心感に包まれて、振り向きざまに見た『汽車』は、もう怖くなかった。こんなに大きくて、こんなに速い、こんなにうるさいものを見たのは、初めてだった。

黒い機関車の後ろには、カラフルな貨物車がいくつもいくつもやってくる。そのうちに、煙がすぐそばまで来た。西中くんの顔も見分けがつかない。石炭が燃える匂いがからだの中に入り込む。

さくらちゃんが顔にかかった髪の毛を手ではらっていると、それを合図にしたかのように、みるみる煙が晴れていく。貨物車はもう見えない。何事もなかったかのように線路が白く光っているだけだった。

全身を貫くような強烈な体験だった。

地面に下ろしてもらうと、西中くんは、心配そうにかがんで顔を寄せた。

「どうだった？　すごいだろう？　まだこわいか？」

「すごい！　すごい！　楽しかった！　おもしろかった！」

「大人の言葉で言うと、これを〝心が震える〟って言うんだ」

さくらちゃんは、西中くんの顔を改めてまじまじと見た。どんなに〝こころがふるえて〟も、西中くんと一緒にいれば大丈夫だと思った。そう言うと、

「じゃあ、僕のおよめさんになってよ」

西中くんは、冗談めかして言った。

さくらちゃんが生きてきた五年間で得た知識の中で、「お嫁さんになるのは最高に幸せ」なことだ。明るい声で答えた。

「うん！　いいよ！　さくら、おヨメになる！」

さくらちゃんはうれしくなって、くるくる回った。赤いチェックのプリーツスカートがひらひら舞った。

「それはうれしいなぁ。早く大きくなってくれよ」

明るい声で西中くんは笑った。

帰るなり、声高に、

「おかあさん、わたしね、にしなかくんのおよめさんになるんだよ」

興奮気味にまくし立てる五歳の娘を見て、母親の夕子さんはびっくりした。どんどんおませさんになっていく娘を、心配していた折だった。先日も、

「おかあさん、わたしね、『おおきくなったら、べっぴんさんになるよ』って言われた。〝べっぴんさん〟ってなに?」

と聞かれ、

「そんなものになったらいけませんよ」

と釘を刺したばかりだ。

――大人の中で育ったから、こんなにおませな子になってしまったんだわ。もう、工場の方には行かせないようにしないとダメだわ。へんなことばかり教えるのは、あの西中くんね。なんとかしなければいけない――

夕子さんは唇をかんだ。

夕子さんは夫に相談した。おっとり育った若旦那は、面倒なことが大嫌いだった。

「西中は、よく気がつくし、いいやつだ。何を理由に解雇するの？　そんなことはできないよ。親御さんからも〝いい職人にしてやってくれ〟って頼まれているんだから。子どもの言うことなんて、放っておいたらすぐ忘れるよ」

と笑って取り合わない。

――ここでは、わたしは本当に小さな存在なのだ。血を分けた小さな娘まで遠くに行ってしまうようだ――

夕子さんは心細さの中に立ちつくした。

さくらちゃんのおばあちゃん、つまり、夕子さんの姑であるまつさんは、親分肌で情に厚い明治の女の典型だった。

たくさんの使用人を抱えていたが、なかのまちベーカリーは、まつさんの采配でうまく回っていた。まつさんの才能は、「人を見る目」が優れていることだった。西中くんは一番の有望株で、まつさんのお気に入りの一人だった。まつさんによると「素直な人ほどよい職人になる」らしい。その素直さは、聞いて気持ちいい返事に現れるそうだ。西中くんは、返事が良いとよくほめられていた。

夕子さんは考えた。

――まつさんには相談できない。ましてや、「大将」と呼ばれている信次郎さんにも言えるはずがない――

夕子さんは、若奥さんとしても嫁としても妻としても、立場が弱いと思いつめていた。娘が心配だったし、もうどうしたらいいのかわからなくなっていた。

——この家で、やっていけるのだろうか？　いや、不安がっている場合じゃない。この子だけは自分が守ってやらなければ。

それにしても、西中くん、なんであんな子がみんなに可愛がられているのだろう——

その姿を見るだけで猛烈に腹が立った。

次に、西中くんが「さくらちゃんと、もう一回、汽車を見に行きたいのですが」と言いに来たとき、西中くんの目の前で、夕子さんはさくらちゃんだけを強く叱った。さくらちゃんはびっくりして、わぁわぁ声をあげて泣き出した。泣き止まないさくらちゃんを家の外に残したまま、夕子さんはバタンと音を立ててドアを閉め、家に入ってしまった。西中くんは、自分が何か夕子さんの気持ちを害していることを察した。何をしたのか思い当たらないが、とにかくよく思われていないんだと思った。ひざから下の力ががくんと抜けた。

「大将、お世話になりました。郷《さと》の親の具合が悪いんです。ご恩は忘れません」

と頭を下げ、やっとのことで許しをもらった。西中くんは残念がる仕事仲間たちに見送られて去っていった。さくらちゃんには、何も言わずに。何も言えなかったのだ。

こうして、さくらちゃんの目の前から、西中くんは突然消えてしまった。

勘が鋭いまつさんは気づいていた。嫁の夕子さんが、西中くんに嫉妬のような気持ちを抱いていたことを。この家に馴染めない苛立ちを隠していることも、見抜いていた。

――西中くんは見所があったのに残念だった。そもそもうちの嫁は、ちょっと薄情な気がする。自分の子どもに愛情を示すよりも、『最新の西洋式のしつけ』とやらに熱心なのだ。子どもには綿のものを着せて、甘いものは与えない、泣いてもすぐに抱かない。初孫のさくらちゃんをわたしが可愛がると、ベタベタしすぎだとか、教育上良くないだとか、小うるさい。かわいい、かわいいと育てた子は、本当に可愛くなるものだ。小うるさい母親より、わたしや見習いの若い者に、さくらが懐くのも不思議じゃないよ――

さくらちゃんは、西中くんを探した。誰に聞いても、西中くんがどこにいるのか教えてくれない。実際、誰も知らなかったから。誰も、うまい説明をさくらちゃんにすることができなかったのだ。誰も話題にしなくなり、なかのまちベーカリーでは、「西中くん」という名前を二度と聞くことがなくなった。さくらちゃんもすっかり忘れてしまったように見えた。毎日、近所の子どもたちと遊ぶようになった。夕子さんの心細さは解消したのだが、すぐに戦争が影を落とし始めた。生きることが精一杯の日々が、全日本国民に強いられた。

なかのまちベーカリーを去った〝西中くん〟こと泰三さんは、しばらくして、まつさんから手紙をもらったのだそうだ。それは詫《わ》び状だった。

「よく仕事をしてくれました。見所があって目をかけていたのに残念でした。家族のことに巻き込んでしまったようで申し訳ないです。さくらをかわいがってくれて、本当にありがとうございました。健闘とお幸せを祈ります。お守りできず、申し訳なく思っております」

若き泰三さんは、胸が痛んだ。輝く季節は突然終わってしまった。しばらくして、西中くんは、召集令状を受け取り、出征した。まつさんが「守れなかった」と書いたのは、なかのまちベーカリーにいたら、国民食糧政策のために必要とされたのではないか。つまり、召集を免れることができたかもしれないのだ。おおっぴらに言うことはできない時代ではあったが、若い命を一つでも失いたくないと、まつさんは思っていた。まつさんができるのは、心の中で無事を祈ることだけだった。

祈りが通じたのか、西中くんは、満洲で終戦を迎えたそうだ。命からがら引き揚げてきた。やっとのことで、長崎港にたどり着き、なんとか本州の土を踏んだ。迷わず、名古屋に向かった。なかのまちベーカリーは、無事だったのだろうか？

何度も目をこすったが、一面焼け野原が広がるばかりだった。絶望を背負い歩き出すしかなかった。

ゼロから出発できる場所を求めた。

なかのまちベーカリーもまた、ゼロからのスタートだった。家族は田舎に疎開、パンの窯は空襲を避けて移動させ、それぞれ無事だった。従業員は誰ひとり犠牲にならなかった。プレハブのパン焼き場が、清潔で近代的な工場に生まれ変わるのに、時間はかからなかった。時代は、戦後の高度成長期に入りつつあった。

戦争の傷跡が消えるにつれて、夕子さんは、なかのまちベーカリーの中に自分の位置をしっかりと築いていった。さくらちゃんには、弟と妹ができた。子育てが一段落したころ夕子さんは、ベーカリーの事務の仕事を始めた。テキパキと仕事をさばき、みんなに頼りにされ、まつさんの信用を勝ち得た。信次郎さんとまつさんは安心とともに、隠居生活に入ると決めた。

8

「あかりちゃんがドタドタわたしの部屋にやってきた日ね、名古屋のおじさんのパン屋さんの、周りの地図見せてくれたでしょ。それから通りの様子も見せてくれたでしょ」

「ストリートビューね」

「そう、それ！　それを見ているときにね、ここ歩いたなあ、この次は、そうそうこうだった。角を曲がると八百屋さん……なぁんて、次々によみがえるのよ。どこをどうしたかわからないけれど、パソコンを触っていたら地図に変わってしまったの。それも懐かしくて見ていたの。私鉄の駅、うちのパン屋さん、郵便局。あぁ、国鉄の駅はこんなに離れたところにある。そうしたらね、突然〝西中くん〟っていう名前が浮かび上がってきたのよ……どこからともなく。その後あかりちゃんが、西中製パン店をみつけてくれたのよね。ひよこのお菓子も！」

西中製パン店の地図を見たとき、おばあちゃんの心臓がドクンと一回波打ち、それからドックンドックンとやたら元気に拍動するようになったそうだ。

「心臓発作であの世行きかと思っちゃった。西中製パン店の地図を覚えている？　まずね、電車の駅から伸びている道をまっすぐ歩く。二つ目の交差点の角にそのパン屋さんはある。パン屋さんの角を左に曲がり、つまり西の方角に行くと、川にぶつかる。何か思い出さない？」

「あっ」

思わず、声が出た。

「おじさんのパン屋さんとおんなじ！　つまり、おばあちゃんが生まれたところと同じだ！」

スマホで確認する。縮尺は少々違うが、駅――お店――川の位置がまったく同じだ。

これは、自分へのメッセージかもしれないと思ったそうだ。

――単なる偶然かもしれない。でも、この心臓の高鳴りはなんだろうか？

今すぐにでも行ってこの目で確かめたい。

どんな人がそのパン屋さんをやっているのだろうか？

どんなパンがお店に並んでいるのだろうか？――

孫娘のわたしが何か大変な人生の壁に当たっているのに、途中から耳に入らなくなってしまったと言う。

「ごめんね」

「ひどいなー」

おばあちゃんとわたしは、顔を見合わせて笑った。


今日、泰三さんと夕陽を見に行く途中、おばあちゃんは地図を見て心が高鳴ったことを打ち明けたそうだ。どうしても西中製パン店をこの目で確かめたい。実際に来てみて、やっぱり、なかのまちベーカリーがあった所とそっくり同じ地理だとわかったと。

若い頃のように心が高鳴ったことをつけ加えたら、

「よかった！　気がついてもらえた！」

泰三さんは、いたずらっ子のようにニヤッと笑った。


偶然だったそうだ。なかのまちベーカリーの辺り一帯の焼け野原を見たあと、三重県の実家に戻った泰三さんは、再び絶望を味わう。軍需工場があった一帯もかなりひどく焼け出されていた。家族は誰ひとり残っていないと聞かされた。

両肩に、背中に、絶望を背負った。それでも生きていかなければならない。戦友を頼ってたどり着いたのが、この地だった。街は小さいが、鉄道の駅を背にして北に向かうと、日本海に出る。夕陽がゆっくり日本海に落ちていくのを見た。日本海というのは波が荒いと思っていたが、穏やかだった。神さまたちが海からやってきたという出雲がすぐ隣だというのもうなずける。壮大な風景が、泰三さんの背中を軽くして、内に希望の光を灯した。「心が震える」という言葉を思い出し、さくらちゃんのことを思った。無事だろうか？

泰三さんは、鉄道と直角に川が流れていることを知り、もう一度、心が震える。なかのまちベーカリーがあったところと同じ地理だ、肚《はら》が据わった。

――ここで一からはじめよう！　ここで、あんパンとひよこのお菓子を作り続けよう――

明るく元気な泰三さんが作るパンは、すぐに人気を呼んだ。やがて、なかのまちベーカリーと同じ、駅から二つ目の交差点の角にお店を構えることができた。

忙しく働き、仕事が終わると海岸まで散歩するのが、泰三さんの日課になった。

泰三さんもまた、心の中のピースをいくつか失っていた。最近、西中製パン店を一緒に支えてくれた奥さんを失い、無くしたピースに思いをはせることが多くなった。残された時間が少なくなっている。

――会えるものなら会いたい――

笑顔のさくらちゃんの面影が記憶からこぼれ落ちないように、何度も思い出していた。会いたいが、自分ができることはなんだろう？　泰三さんは、考えつく限りのことをしてきた。

お店の地理的な位置。名前のパン屋は「西中」とした。あんパンとひよこのお菓子を作り続けた。そして、健康を心がけ、お店に立ち続けた。もう、あとは、神さまに任せるしかない。泰三さんは海に祈り続けた。

時を経てインターネットが発達して、ついに「西中製パン店」は、おばあちゃんに見つけられた。

七十年前と同じように、二人は一緒に、心が震えるほど美しい夕陽を見た。そのとき、おばあちゃんの心の中に埋もれていたピースが一つ、ふわんと浮かび上がってきた。

それは、さくらちゃんが、中学生のときのことだ。三つの小学校から生徒が集まる中学で、新しい友達ができた。「うちに遊びに来て」と招かれた。普段は行かないような遠くだった。

「あなたのおうちの前の道、それをまっすぐ歩いて来て。北の方角よ。中学とは反対方向だからね。ちょっと遠いけど、わたしは、毎日、中学までその道を歩いているんだから、大丈夫よ。国鉄の駅まで歩いて。線路が見えるからすぐわかるはずよ。駅の前でわたし待っているから」

暑い日だった。頭がかんかん熱い。「国鉄の駅」なんて、行ったことがない（そう思い込んでいた！　さくらちゃんは小さいころ、蒸気機関車を見に来たことすっかり忘れていた。あるいは、母の夕子さんとうまくやっていくために、意識的に忘れたのかもしれない)。とにかく、とても心細かったが、友達に会いたい一心で歩いた。

正面に、鈍く光る線路が見えてきた。国鉄の駅が近づくにつれて、安心するどころか、胸がドキドキしてきた。

「あれっ、ここ！　ここ！　来たことがある！」

思わず声を出していた。

急な川の流れに巻き込まれたように、いろんなことが一気に思い出された。こんなこと、後にも先にも一回だけだった。

真っ黒の大きな蒸気機関車と灰色の煙。それから石炭のにおい。ものすごい音。地面がゆれる。とても興奮した。ブルブルッとからだが揺れた。

お父さんと来たのかな？　ちがう……。もっと背が高くて、もっと細い人。顔が思い出せない……。

帰宅したさくらちゃんは、夕子さんに今日のできごとを話した。

「わたしって、国鉄の駅に行くの初めてじゃなかった。汽車を見たことがあるって思い出したの。誰と一緒に行ったんだろう？」

夕子さんは、なんのことかわからない、と答えた。

さくらちゃんの「知りたがり」は、相変わらずだった。めげずに、まつさんにも、同じことを聞く。まつさんは、さくらちゃんが幼いころのこんな話をしてくれた。

西中くんが去ってからときどき、さくらちゃんは夜、泣くようになった。夢を見ているらしいが、目が覚めてからもしばらく泣く。さめざめと悲しそうに泣くのだ。二人目の赤ちゃんをお腹に宿した夕子さんは、連日の夜泣きで起こされて参ってしまった。赤ちゃんができたことに不安を覚えているのだろうか、それとも戦争の影響だろうか。お産のために夕子さんが里帰りし、さくらちゃんは、まつさんと田舎に疎開することになった。さくらちゃんもおばあちゃんっ子だったから、喜んだ。ところがやはり、夜になると、夢を見て泣くのだ。

庭の片隅で、スコップ片手に、おままごと用のお椀にご飯を作っている。黒い土を入れて、白いサラサラの砂をかけて、葉っぱを散らす。いつも、二人分を作ることになっている。

「きょうも、おいしそうにできたわ」

大人の真似をして言うと、背の高い人影が近づいてくる。

「おかえりー」

声をかけると、人影は動かなくなってしまう。

「おいしいごはんですよー、どうぞーたべにきてくださーい」

人影はどんどん薄くなる。あわてて追いかけようとするけれど、走っても走っても追いつかない。周りはどんどん暗くなり夜が迫る。ついには転んでしまう。顔を上げると、ひとりっきりだ。それでさびしくて、さびしくて、泣いてしまう。


まつさんの横で眠った夜、さくらちゃんは夢のできごとをしゃくりあげながら話した。

「さびしくて、さびしくて、だれもいないの。わたしひとりなんだよ」

聞いているだけでも胸が締めつけられる。まつさんは、「スーと背が高い人」と聞いて、

――それはきっと西中くんだろう――

と思った。

翌朝、まつさんは、さくらちゃんに尋ねた。

「西中くんっていうお兄さんが居たんだよ。うちにね。覚えている？」

「おぼえていなーいー」

泣いたことなどケロッと忘れたさくらちゃんは答える。まつさんは、

「全然覚えていないの？　そんなお兄さんがいて、さくらちゃんと仲良しだったんだよ。今は遠くにいるけどね。汽車を見にいったこと覚えている？『おばあちゃん、汽車見た！　肩車してもらって、汽車見た！』って、それはうれしそうに帰ってきたんだよ」

「ふぅーん」

まつさんは、さくらちゃんが泣くたびに、西中くんの話をした。西中くんを思い出したら、悲しい夢は見なくなるかもしれないと思ったのだ。効果はなかった。大きくなったら自然に止むことを期待するしかなかった。

幼い頃の話を、じっと聞いていた中学生のさくらちゃんは、

「その夢、今もときどき見るよ」

と言って、まつさんを驚かせた。

「すごく悲しいの。その人、どこに行っちゃったの？」

「戦争もあったし、おばあちゃんにも、わからないのよ」

今度は、まつさんが悲しそうに首を振った。

こうして、中学生になっていた、さくらちゃんの脳のどこかに、「西中くん」という名前が、しっかりと刻まれた。一度、完全に忘れてしまった名前が再び刻まれた。心が震えた体験は、さくらちゃんの心の奥にしまわれた。そういう記憶は、火のような性質を持っている。消えそうになると、どこからか運命という風が吹いて、火の勢いを取り戻すのだ。そして、六十五年間絶えることなく、しずかに、さくらさんの心の中に熾火《おきび》として燃えつづけた。

再会を果たすための道しるべとして燃えつづけた。

おばあちゃんは、わたしの前に正座して頭を下げた。

「あかりさん、ありがとうございました。わたしの旅にお付き合いくださいまして」

あわてて、わたしも座り直す。

「こちらこそ、お供させていただき、ありがとうございます」

「おかげさまで、わたしのジグソーパズルは完成いたしました。歳をとって身体が衰えて、周りから色が消えて、世界は灰色になっていくのだろうと思っていたって、さっき言ったでしょ。灰色は、戦争中の色。運命に流されるしかない無力な子ども時代と、老いた今とを重ねていたんだと思う。西中くん、いや、西中先生から今日学んだことは、なんでも自分の心次第ってこと。自分の心次第で、ばら色の世界に変えられるのよ」

「うん、ほんとにそうだ。自分の心次第だね。わたしも、試験に落ちたからって、灰色の世界にどっぷり浸っている場合じゃないわ。ばら色の世界がいい。教える子どもたちがいて、亮平がいる。さくらさんもいる！」

「いますけど、もう寝ます。本日営業終了です。おつかれさま」

長い一日だった。

「さくらさんは、世界には色があふれているなんて言ったけど、それって『恋』なんとちゃうの?」

エセ関西弁で笑いをとろうと思ったのに、聞こえてくるのは、しずかな寝息だった。

9

翌日もいいお天気だった。二人で朝寝坊して、お湯に浸かり、美味しい朝ごはんをいただいた。力がグゥンと湧いた。宿の前の海を散歩してから、空港に向かった。鬼太郎空港で、母が声を上げて喜ぶのを想像しながら、あれもこれもと食べ物ばかりをお土産に買った。

帰りの機内。おばあちゃんは、ぐっすり寝ている。

――さくらさん、ずいぶん小さいなぁ……。ずっと、さくらさんの方が大きかったのに、いつ逆転してしまったのだろう――

胸の奥にかすかな痛みを覚えた。涙を許せば、声をあげて泣いてしまいそうで、あわてて違うことを考える。

さくらさんのおばあちゃん、まつさんは、明治生まれか。会ってみたかったなぁ。頭の中で家系図を描く。まつさん、夕子さん、さくらさん、お母さん、わたし。まつさんから数えたら、わたしは五世代目。わたしのあとにも続いていくのだろうか。亮平のことを想った。自分にとって大切なものが、やっとわかってきた。ただ、それが一つではないから悩むのだ。

もう一つの大切なもの、それは、おばあちゃんからわたしに手渡されたもの、
「あなたと一緒にいられて、わたし本当にうれしいわ！」
というあの眼差しだ。おばあちゃんは、泰三さんから渡されたに

ちがいない。今度は、わたしが伝えるのだ。まずは、亮平に。そして、わたしが教える子どもたちに。

十三歳で見習いになって、戦火をくぐり抜け、焼け野原に立ちつくす西中くんを想像してみた。ゆっくり噛みしめるように話す、優しい眼差しの泰三さんの長い長いものがたりは、わたしに勇気を思い出させてくれる。

不意に熱いものがこみ上げて、おばあちゃんが毛布代わりにかけている、黒いコートの袖をギュッとつかんだ。

——あれから一年半。わたしは亮平と桜の季節に結婚式を挙げた。おばあちゃんも式に参加して祝ってくれた。泣きっぱなしだったお父さんと、パクパクお料理を食べているお母さんの間に座ったおばあちゃんは、ずっとニコニコしていた。

〝あかりちゃんといるとおばあちゃん、ほんとうれしい。幸せだわ〟

というときの眼差しだった。


彼と一緒に慌ただしくバンコクにやってきた。

四月から、わたしはバンコクの日本人小学校の、三年生の担任をしている。

ほとんどの児童は、親の転勤に伴って転校してくる。

小さいながらに友だちとの別れを経験し、新しい環境に一人で飛び込まなければならない。価値は環境には左右されない。誰かに認定してもらわなくても、自分が一番知っていればいい。

「世界の見え方は自分の心次第」という、おばあちゃんの名言と、これまたおばあちゃん譲りの「会えてうれしい」眼差しがわたしの力になっている。

一人ひとりがキラッと光る瞬間を見逃さないように「よっしゃ」と気合いを入れて、日差し避《よ》けの、大きな木の下にある小学校の門をくぐる。

あとがき

『あかりからさくらさんへの手紙』

さくらさん、きれいな絵手紙、ありがとう！　またまた腕があがりましたね！

バンコクはとても暑いですが、わたしも亮平も元気です。ご安心ください。

この国には、鮮やかな色があふれています。さくらさんのように上手く絵が描けないので、絵葉書を何枚か同封しますね！

「色」と言えば、さくらさんが西中さんと見た夕陽の話を思い出します！　タイの夕陽はダイナミックですよ。さくらさんに見せたいなぁ。

そうそう、さくらさんとわたしとの間にも「色」の思い出がありました！　最近、思い出したのです。きっかけは亮平の、

「あれ、つくってよ！　茶色いやつ！　さくらさんの茶色いやつ！」

ということばでした。

もちろん、肉じゃがのことです。玉ねぎと豚挽肉をお醤油と砂糖とお酒で甘辛く煮て、蒸したじゃがいもと合わせてサッと煮た、我が家流の茶色い肉じゃがです。

中学生の頃、さくらさん、お弁当に入れたでしょ。にんじんやさやえんどうが入っていたら、まだ良かった。でも、多感な女子中学

生のお弁当だよ！　そのまま入れたら、おじさん弁当だって、わたし、怒って泣いたこと、まだ、謝っていませんでした。ごめんなさい。わたし、反抗期だったね。

　それからは、必ず、上にさやえんどうかさやいんげんを乗っけてくれたね。見るたびに、胸がチクチク痛かったです。食べると、おいしいから、余計せつない気持ちになっていました。

　亮平が初めてうちに来たとき、さくらさん、きれいに薄切りにしたさやえんどうを、これまたきれいに散らした肉じゃがをつくってくれたでしょ。亮平ったら、さやえんどうを避けて、肉じゃがだけを大量に食べたね。「こんなにおいしい肉じゃがは、はじめてだ」って言いながら。「さやえんどうが苦手で食べられないわけじゃなくて、茶色く滲みたところがたまらなくうまそうだったから」って、亮平、頭かいてた。そのときのさくらさんの勝ち誇った顔といったら！　わたし、忘れませんよ！

それ以来、またうちではさやえんどうなしの茶色一色の肉じゃがに戻ったね。

家族と離れているせいか、日本で働いていた頃より時間のゆとりがあるせいか、いろんなことを思い出します。

明日は、お弁当に、茶色い肉じゃがを持っていこうと思います。ここバンコクでは、日本の食材はなんでも揃うのですが、さやえんどうはちょっぴりお値段が高いのです……

さくらさん、お体大切にね。

わたしのおばあちゃんでいてくれて、ありがとう（変な日本語になっちゃった！）。

あかり

『さくらさんからあかりへの手紙』

あかりさん、お手紙ありがとう。
あらあら、わたしとの思い出は茶色ですか？　ずいぶんだこと。
わたしのあかりさんとの思い出は透き通った赤色ですのよ。

ほら、おじいちゃんが亡くなって、はじめてのお正月。元気を出さなくてはと、赤ワインを買ってみたのよ。ずっと、飲んでみたいと思っていたのです。
わたしたちの世代の女性は、自分で考えて決めてやってみるってことが苦手なのよ。ずっと頼りっぱなしだったおじいちゃんがいなくても、わたしだって、ちゃんとできるって証明したかった。天国のおじいちゃん、安心するかしらと思って。

あかりさんも二十歳になったことだし、お誘いしたのよ。二人で乾杯したでしょ。わたしは、心の中で、わたしの新しい門出を祝ったのよ。

おいしい、おいしいって飲んでいたら、二人とも、ほっぺが真っ赤になったわね。寒空の下、酔い覚ましの散歩をしましたね。マフラーで顔を覆って。今、思い出しても笑ってしまうわ。

きれいな絵葉書をたくさんありがとう。こんなふうに、パッとした明るい色の絵が描けたらいいなと思い、お部屋に飾っています。

さくら
追伸　十五年越しの「ごめんなさい」を受け取りましたよ。わたしは、おかげでカラフルにお料理することを覚えられて良かったと思っていましたよ。ありがとう。

『あかりからさくらさんへの手紙』

さくらさん、思い出しましたよ。「赤い」思い出。お父さんとお母さんに、二人とも熱があるんじゃないのって怪しまれて、たいへんだったことも。ほんと、今思い出しても、笑っちゃうね！

あのとき、『海中散歩』とかいう熱帯の海を特集するテレビがついていたでしょ。さくらさん、「今度、生まれ変わったら、絶対、これをやってみたい！」って言ったの、覚えていますか？「『これ』って何のこと？」って聞いたら、「スキューバダイビングに決まっているじゃないの。熱帯魚といっしょに泳いだら愉快だろうね」って、すました顔で答えたね。あの時は、びっくりしたわぁ。もう、来世の計画を立てているんだ、さくらさんは！　って。

わたしは、目の前のことで手一杯の毎日。先生っていう仕事は、出会いと別れの連続です。だから、持てる力を全部使いたいと思っています。西中さんに会えたことが、わたしを勇気づけてくれています。

取り急ぎ、お返事まで。

あかり

『さくらさんからあかりへの手紙』

あかりさん、亮平さんも、お元気でご活躍とのこと、何より安心しています。わたしも、変わらず元気にしています。

おじいちゃんの三回忌の法事で、和尚さまが、「人生の中で誰もがかならず、『あっ、自分はこのために生まれてきたのだ』とわかってひざを叩く日が来ます」と、おっしゃっていたことを覚えていますか?

あのとき、「わたしは、なんのために生まれてきたのか、この歳にして全くわからない」と、あかりさんに弱音をはいてしまいました。わたしにそんな日が来るのかしらと疑っていたのです。

西中くんと美しい日本海の夕陽を見たとき、興奮して舞い上がってしまっていたけれど、しばらくして、「あっ」とひざを叩いたのですよ。心を動かされるような経験を、自分独りではなく、誰かといっしょにできるうれしさ。これを知るために生まれてきたのかなと思ったのです! 小さいころから、独りぼっちで取り残される悲しい夢を何度も見たから、そのうれしさは、二倍、三倍に大きく感じたのかもしれません。このこと、あかりさんにぜひお伝えしておかなくてはと思いまして、筆を執りました。

それからね、あかりさんや亮平さんを応援するために生まれてきたのも、間違いないです。ひざを二回、叩きました。

あっ、忘れるところでした。絵手紙ね、とってもうまく描けたので、西中くんに送ったのよ。そうしたら、お部屋に飾ってくださっているとお返事をいただきましたの。うれしかった！

とり急ぎ、ご報告まで。おからだ、大切にね！

さくら

著者プロフィール

草花 木子（くさはな きこ）

愛知県出身
神奈川県在住
高校生、大学生、社会人の三児の母。
高齢者施設でアロマセラピストとして、ハンドマッサージをするうちに、さまざまなものがたりを聞かせてもらう。

おばあちゃんの恋ものがたり

2020年８月15日　初版第１刷発行

著　者　草花 木子
発行者　瓜谷 綱延
発行所　株式会社文芸社
〒160-0022　東京都新宿区新宿1－10－1
電話　03-5369-3060（代表）
03-5369-2299（販売）

印刷所　図書印刷株式会社

ISBN978-4-286-21896-0